Black Memories

鏑木レイジ

KABURAGI REIJI

幻冬舎MC

Black Memories

目次

澄みゆく恋

澄んでいく、澄み切っていくハート&デザイン。
ナンセンス。ポイントオブバックグラウンド・ラブセンス。
祈りの時が終わり、祭りの時が、来て、恋は最高潮のまま、フェードアウト。
生き急いだ天使。
ギターを抱えた堕天使。
崩れゆく楽園。
それから俺は、孤独なアヴァンギャルド。
天使と堕天使は羽をもがれ、俺のところへやってくる。
もう、何もない。
世界は荒涼とした、砂漠。
プラスティックなラブ・バラード
踊るラクダ。さ迷う獅子、それから、無垢な幼子。
ニーチェの三段進化の三者三様。
俺は幼子。恋ははるか彼方の彼岸のぬめり。
ずぼっと落ちれば、這い出せない。

まるで、沼のような生き様。
天下統一。
それは、愛。
恐れを知らない獅子は、旅を続けて、オアシスにたどり着いた。
水を与える女神。そこで出会った一人の少女。
澄みゆくような青い瞳、夜の香り。
明け方に語り合う、小鳥のおしゃべり。
それは、夢。
まるで、希望のない羽をもがれた鳥が、たどり着いた最後の楽園。最初で最後の恋。

歪みゆく現実

根本から根元まで。

果てしのない誠実な精子。

びくっとする、官能のラブホテル。

一夜の過ち。

騒ぎ立てる女たち。

俺は囁く。

「君のことは愛していないよ」と。

すると女はこう答える。

「それでもいいの?」と。

俺はその潤んだ瞳に戸惑いの恋心を感じた。

びくっとする俺の精神。

鋼ゆえにもろさを持つ俺の肉体と魂が、誘い出す、乙女の恋心と、喘ぐ、そのさえずりを。

俺は、ふっと鼻を撫でて、手が震える。その手を温かく握る女の微笑が、世界を揺らす。

戸惑い、やがて、離れてく官能のラブホテル。
アイラブユーバ・バット・夜に住む。
俺は優男を気取って、女を狩る、まるで悪魔。そう、ハンターさ。

はるかな思い出

そう、俺が、荒野を彷徨う。そんな時、俺たちは、バスケットボールと、バッシュを、抱えて、鼻を寄せ合い、しゃべり合った。俺たちのホームグラウンド、体育館の二階の、戦場、奪い合うポジション。俺とスマートな白い肌の色男、それに、小さな背をした爆笑野郎。日が照る日々に、去っていった俺の親友。残された俺は、特に何もなく過ごし、しかし、こころは寒し。たどり着いた、記憶の一人遊び。空のはるか向こう、ぽかんっと口を開けて、吸い込む、新鮮な空気、追憶の戦い。そしてスラムダンク。

ヒートする青春。

ハートビートの青二才。

俺達は、無敵だった。怖いくらい、怖さを知らなくて、卒業とともに別れた。

俺の友達。死したる先輩。

俺は、うまく言えないけど、「また会いたい」と空に向かって呟いた。

でも、過ぎ去っていった日々は、二度とは帰って来ない。

苦闘の中で、もがき、苦しみ、それでも、未来を夢見たキャメルを吸う男。

そう、みんな、大人になった。

俺もタバコをやめた。

今は幸せ？

友たちよ、今は、幸せ？

振り返らない。振り返れないいんだ。

あまりにも多くの人が俺の横をすり抜けていって、死んでしまったあの美しい先輩さえ、裏切ったのか。

俺に間違いがあった？

俺は独りだった。

苦しいヘイトはニルヴァーナに任せる。

荒野を彷徨う俺は今、楽園に近づいている。

死か生か？

ただ言えることは一つ、「もう、これ以上生きていたくない」っていうことさ。

でも、俺は立つ。十代の頃の歌が俺を奮い立たせる。

孤独なディールは続く。さよなら、友達。こんにちは、カート。俺は静かに胸を押さえる。

心の扉

好きという感情は、透きとおるダイヤモンドの輝きにも似て、高尚だ。でも、好きが高ずれば、愛の氷が、心の奥から溶け、燃え上がるように、煌めきだす。

俺は、君とクリスマスを過ごす予定はない。だけど、サンタクロースを信じていたあの日々に、帰りたい。

もう、どうかしてる。もどかしい仕草、髪をかき上げる君、くるおしいほど夜を映す、ネオン。

ブライトしていく、夜の街。

それから俺は君と腕を組んでレザージャケットの上から、君の温かい感触を感じる。

昼過ぎに、君を思い出す。

君は、きっと、ネオンのみだらな前衛絵画のヌーディストが愛したロックンローラーに恋をしている。

そんな君に俺は恋する。

絵の奥から伝わってくる感情。

響きだす余韻のワイン。

クラリネット。

俺と君は、クリスマスが終わって新年を迎えるそのころ、国営放送のクラシック演奏会にいる。

そして、ドヴォルザークの「新世界より」が流れるころ、キスをする。

情熱。

俺は君に恋をしている。

移り気なカラスのように、ブラック・コーデできめる君と白い世界を歩きたい。

白夜の果てに、結ばれる。

きっと流れる音楽は、軽快なジャズに違いない。

春の頃に、旅立つ。

新世界に。ついてきてくれる？

ミッドナイト。君だけのナイトになりたい独りの詩人。叫びの静寂は夜に行く。

歌う乙女

水辺によって、うららかな晴天の、アフォリズム。
バイブルチックな、トレースメモリー&トランス少女。
傷ついた俺は、エデンを目指し、独りで旅をしている。
バックヤードの薔薇たち。バラックで歌う、健気な少女。
時が、俺を待たない。時が、俺を笑う。
世界中のすべてを集めても、自由は歌え無い。
リベラルな表現者。
パワーバランスの渦中で、歌う乙女が、こう言った。
「愛とは力です」
バイブルチックな、雅歌の歌。
俺の絵を描く、優しい筆遣い。カラフルな色乙女。
知性も、悟性も、母性にはかなわない。
素朴な君の健気な笑顔が好き。
大地に帰るまで、R&Bのビートに乗って、ぶち抜いていく。
きっと、俺の夢の隣には、君がいてくれるはず。

そうでなければ、俺は、ハートオブコールド。
冷たい大地に、沈んでいく、あの夕日のように。
赤い光の中に、マリアの面影を見た……。
寄る辺なき、ロマンス。果てしのない、フロンティア。踊るシンフォニア。
笑顔の君に口づけを。バイブル・バッド・シンプルなヒーリング、プライヤー。
君の名前は誰ですか？ 俺の名前は、「名もなき詩人」。一緒に歌を歌いましょう。
歌わなくても、朝は来る。でも、愛は消えない。きっと、そう、きっとね。

天国があるのなら

うたえよ乙女。
うら若き春の夢
心は消えていく。
静かなマーラー。
激しく、狂わしく、展開される、激情の春の恋。
歌えない。声が聞こえない。
そして、寂しい夕暮れ。
ヘッドホンから流れてくる落日の景観。
信じるんだ。そう、全てが消えても、天国があるのなら、信じて、歌を歌ってね。
心が痛んで、傷つき、もがいても、あの春の日に帰れない。
帰ることができたなら、きっと、美しいんだろうね。
「ねえ」
と君がいった。
「なに」
と僕は答えた。

そして、落日に、消えていく、一本の蝋燭は、揺れることなく、吹き抜ける風にも、耐えて、揺蕩う。
天国があるのなら、天国があるのなら、
もう、歌う必要はない。
大地に帰るとしたら、君の胸に飛び込んでいきたい。

最愛の人

君が僕を求め、自由の空を渡る時。

渡り鳥は白く、輝いて、微笑む。

もう、錯綜の朝が訪れる。

はや消える。希望の空に、夢を抱く。

水平線の向こうに、夜明けの足音がする。

僕らは、旅人。

自由と希望を乗っけていく、船の舵をとる。

心が震えて、手も震えて、それでも、超えていく。

乗り越えていく。

足音と一緒に、ダンスをする君のステップが絡まって、僕の体とほつれあい、一緒になって転がり続ける。

最愛の人よ
君が差し伸べてくれたその手の温もりが、僕を支えてくれる。

夢の中。微睡む世界は、ここにある。

自由の歌は、決して死なずに君を抱きしめる。

フランツ夢路

おお、微睡みの天使よ。
恋人。
私の親友
幻灯の中で、手を取り合ったキング＆プリンセス。
眩く時の中をかけていく憐憫の少女。
フランツな処女
冒険の後悔。
残響が鳴り響く戸惑う白鳥
迷う心のレインボー
聖なる夜に、肩を抱く、恋人たちのラブアンドクリストファー&トラベラー
それからフィクショナブル。
ファッション業界のイレギュラー。
パワーバランス天秤トーク。
笑いの中の天使
フランツ・コケトリー・ファンタスマゴリー

シューベルトが呼んでいる。

「ねえ、堕天使くん。君の苦悩はよくわかる。でも、生きていくためには労働と祝祭!」

女を抱くのはまだ早い。

夢路。

荒野を走っていくフランツシューベルト。

メガネを直した創造主。

笑って、鳴いて、囀って、夜を迎えるまで、夜に生きる。

雪の少女

揺らめく影の、器には、注がれた赤いワイン。
飲み干す、恋翳りゆく、束縛。
新しい夢と、古い夢が、合体し、黒と白が極性で混じりあう。
俺は、このモーメントに、ディールを吹っかけて、笑い飛ばす、虚空の彼方へ。
果てしなく広がる悪意の空。
白いキラキラの雪が、光を降りる時、階段がふっと現れる。
スッと鼻を撫でる俺は、一人の天使と混じり合った。
自意識の覚醒。
粘りゆく粘液のような血液。
存在の注射を打つ。
実存の模倣が解ける時、仮面を剥いだ少女は、静かに命をたった。
降ってくる悲しみの雨。打ち続くタイプの嵐。
俺の夢と少女の嘆きが、一本の赤いペンで、頬に落書きをした。
それには、心の中で思った理想の夢。
赤いペンがポキっと折れて、命をたつ少女は、新しい世界に旅立っていく。

別れには、無言。
「ありがとう」
という囁きが、俺に聞こえた。
キスをする。頬に。
俺は微笑んで口づけ返す。
少女は階段を上り滑落して、雪の中に包まれた。
きっと、こう叫んだはずだ。
「もっと、愛されたい」と。
しかし、無言の風が彼女を誘う。
孤独。絶望。そして死を臨む悲しみのプリンセス。
俺はそっと抱きしめて、頭を撫でる。
共鳴。
乱雑な葛藤の部屋に、少女は訪れて手を握り、こう言う。
「もっと、そばにいたいけれど別れるね」
自意識がほつれあい、溶けていって、残り香は甘い香水。
別れの歌はバッハではない。
そう、母さんの子守唄だ。
混乱に落ちた少女は、光に導かれて安らぎの野辺にたどり着いた。

いちめんに広がる野生のコスモス。

薔薇を捧げる。

俺はふっと笑って手を繋ぐ。

さようなら、おやすみ、また会いましょう。

天の国。

広げた翼は、白い羽を一本落として、ハートビートの詩人の心を打った。

俺は泣いた。でも、少女はしずかに苦悩をとかれ、旅立っていった。

「抱きしめたい、もう一度」

世界を、夢を、君自身を抱きしめて、最後は明るく別れて、天の扉の先へと消えていった。

俺は、立ち去ってウィスキーを飲んで、穏やかに眠りにつく。

まるで、冒険小説の一場面のように。

恋住まう夜

月。

満月に近い。しかし、ダークホールに落ちた宇宙飛行士は、時空を飛び越えて冥王星の彼方へ。バラックとこぎれいな黒い猫。

そこは神秘の世界。黄金に輝く、宙に浮かぶ半重力都市。

王
絶対的な君主制を敷く、世界を食らった、愛によって。

あるいは言葉で。

響くピアノ。

黄金色の蛍。

漆黒の奥の奥。ブラックダイヤモンド、デッドメタル。

怒りの力をペンに変えて、詩人は歌う。

「恋に生きた。しかし、夜は長かった」

月
君が好き。

月

君のもの

全部が欲しい。すべてを欲しい。
ダークホールの先にあった桃源郷は、詩人の見た夢幻だったのか？
手を伸ばす。その先に、夜に愛される詩人のホントの姿がある。
ウェーブに乗って、サーフィンをする海辺。
俺と君は、海岸線を見つめていた。
ぼおっとした気持ちで、世界から追い出されても、手をつなぎ合っていた。
憂愁にまどろむピアノ。
誘いかける死の誘惑。
海岸線を歩き、そっと海へと入っていこう。
春の海。
押し寄せる言葉の嵐が、俺と君をさらっても、恋心はさらえない。
ただ、君の語り掛ける真実の言葉を待っている。
「大好きだよ」
それだけが救いだ。
俺は君を離さない。たとえ、何があったとしても。

はるかのはるか

はるかのはるか、彼方にいずこ
戯れる、瞳のすれ違い。
モニターの先でぶつかる視線。
ばちり。
声をささやく、ウィスパース。
キス。
そして、下着の中は楽園の湖。
囁きと、すれ違い。
触れる心。
キス、キスキス。
はるかなはるか、彼方にいずこ。
求め合う肉体の舞踊上
闘う、唇の奪い合い。
モニターの先で踊り狂うはるか
「きみねえ」

と囁く、品格のワルツ。
白い猫も踊る。
今日は今日とて、子猫も踊る。それに合わせて「おめえよー」と女優が笑う。
絶妙のセッション感覚
揺れ動く心臓のロンド。
高まり続ける、キス、キスキス。
はるかのはるかに春かはどうか？

夜の静寂

夜ねぇよる。
聴いていますか？
俺の歌声はあなたに届いていますか？
パティ。
彼女が、僕の声の代弁者。そして、あなたの夜の代弁者。
好きです、夜。あなたを守ります、昼の時も夜の時も、ずっと一緒にいましょう
ね。
あなたはくるしみましたね。
俺は続ける。
ストレートに、真っすぐに、金ではない。真実の想い、それは自由を行く鳥。
君の心に侵入した汚物を、俺の詩が洗い清めます。
そして、腐った権力を叩き潰しました。
咆哮！
俺のペンは君を守るために、リスを捨てました。命をかけました。
そして歌いました。

さわやかな風が、ブリージングし、君をアンチクリストの魔物から救います。
イエスは俺といる。無二の友、でも俺もイエスも嫌われ者でも最後には笑顔。
機関車ニーチェはぽっぽぽっぽ。どんな学者よりも真実を言ってるぜ。
俺とくる？
差別主義者の温床。
酒をのむ。
ウィスキー。バー&ホームラン。
大谷選手のサインが欲しいぜ。
俺はソフトなボーラー、だったんだ。
追憶の中で。
今はハードなタイプライター
機関車よるっちが叫ぶぜ。
乗る。
俺の先は見えないけど、のりきればいい。
三十日後に復活したアダムは、イエスを越えた。
俺は狂っている？
そう狂った預言者、またの名をダビデ！
夜の静寂を行く俺と夜は、大谷のバッドでホームラン！

滑り込んで、ベースを奪えば、俺はジャパニック女優を奪う。
酒と女の日々が始まる。明日はないぜ。

ブーストアレンジ

アートの結晶
イエローマジック、オラトリオ
楽園の響き
バッハからとった想いのすべて、ぶつける混沌の調べ。カッティングエッジ・ダイヤモンド・ピアニスト。

心の結実。夢の先。最果ての島国で、踊るボーイズ&ガール。

出会って、変わるそんな夢もある。

シューベルトから続く俺のアーティス・ヌーディス。

心のままに、永遠の調べに乗せて。ロケットはピアノの上で踊る。

アートが世界を救い、君の心は揺れ、踊る。

陽炎の、揺らめき。

影が、太陽にさらされるとき、白い想いは、光のフラッシュバックとなって、永遠によみがえり続ける。

白蜥蜴。俺は食う。破り捨てるように楽譜を投げ出し、そっとジャズの調べに酔いしれる、そんな晩もあった。ウィスキー。そしてジャズ&ロックンロール。

最後はバッハニズム。

ゴルドベルクの夢の中へ、王子は、永遠ではない、最後まで、一瞬を越えて、闘い続ける、ピアノの上で。猫も踊る、小躍りして、ダンシング、ホワイトキャットスター。俺は笑う。君たちのすべてが好き！

キュートなウィスキーガール

散っていく微笑みの堕天使。
黒きばらまかれた笑顔の花束。
花、まじりこむ赤のアートスクールガールの、ストライプシャツ。
アメリカン。
テキサス。
薔薇の花
ばらまかれた白き花に紛れ込む愛液の天使。
凄まじい勢いでタイプする炎のタイピスト。
タイトな、スーツの、ボディのコンタクト。
アプローチ。
ぎりぎりの放射線
発する怒りは、赤を砕き、爆発燃焼のウィスキーガール。
キュートなサンダー爆発、カントリーウエスト。
そして、未来へと走っていく、恋の汽車。
怒りの合間に訪れる、閃きのような笑顔。

濡れる心。
湿る唇。
君の面影が、街中に兆すころ、俺は、楽園を行く白馬の上にいる。
何もかも忘れて、君だけを抱きしめる。
星空。
そして、静寂。

恋の筋書き

バラードプレイ
俺は、ハルを想った。
夢の中で、吉祥寺。
アースクエイク。
巨人の幻。
すべてから守られる。
俺を守る。俺はハルを守る。
苦しみ、悼み、喜び、ハルの世界で、愛し合う。
春を迎える頃、俺はジゴロ。
そして、俺は、紫の乙女の愛を受けて、快楽の沼に落ちる。
「ヘルプ！」
肉体の絡みつく鼓動が、俺の鼓動とまじりあい、切ない快感が、何度も続く。
疲れた果てに、果てる。止むことのないバタイユリズム。
「して、して」
と紫の乙女たちは唱え続ける。

俺は、困り果て、途方に暮れる。
何度も絡みついてくるシャネルの誘惑。
楽園。
吉祥寺に戻ると、ハルがいる。
「もう！　遅いわよ！」
俺は、ユナイテッドアローズの服を着ていて、キスマークだらけ。
花園の遊びは火に焼ける。
地獄の業火はまだ早い。
恋の筋書き、誰にも読めない。
そう、神様すら、読めることはできない。
きっと人生は、そういうものだろう？

移り変わる思い

ながれていく音楽と景色。

歌う乙女たちが、紫の衣を待って暗黒の夜明けに突き進む。

救い。

終わる、終末論。

シャッターだ。

そして、女性の瞳が、世界を駆け巡り、すべてを断ち切って、夜空の彼方へ、沈んでいく。夕暮れと思い出。

しかし、今は夜明けの先の昼の太陽の希望。

俺は、自転車をまるでハーレーのように乗りこなし、踊る乙女を揺れ動かす。

錯覚だ。

しかし、心はおれない。追憶のマンドリン。

震える楽譜。指をなぞる鍵盤上のプリンセス。

生きる。ただ生きる。

美しい。けがれない、でもダーティーマインド。

ブラッシングアップ、そうしてドレッシングヌードル。

ヨーコの面影。
ヌーディストのギターリフ。
ギター、ギターギター！
さらなるギター
頂点に行く黄金のキス。
最高のラブ。最低の金
権力に埋もれた者の末路は、大地。
消えて無くなれ！　希望
逆説の夕暮れ
それが、大いなる曙光。
ツァラトゥストラはそう言わない。

揺蕩うリズム

幻の月下。
揺蕩うように触れる君の頬。
撫でる、君の乳房。
清新な心が、全身に響き渡り、俺は荒野に君といる。
触れる頬に。
キスをする、夢を見た。
雪原の狐。
降り積もる雪の結晶が、愛となって血となり、破瓜をする処女の晩冬。
眠りから覚めて、君のおでこにそっとキスをして、俺は、カーテンを開けた。
降り積もる雪は、清らかな明け方。
俺は裸のまま、庭に出て、手首を切った。
そのまま赤い眠りに落ちていき、気が付けば、君の柔らかい膝枕に、愛されていた。
ノックの音、ターンして君が振り向いた。
もう、日がかげるまで、ずっと一緒にいたい、愛すべき、愛狐。

俺だけを見ていて、君のキスの余韻を知りたい。

清らかな歌

朗らか、イエス、あるいはバッド
中空をさまようピエロの蒼い心。
先日の悲劇。旋律の笑劇
思いのたけをぶっつけて、シンフォニストは、バンジョーで夢を見る。
ビューティフルドリーマー。
先日のショウゲキシャン
頭を洗って、身をきれいに、それから、香水をふって、山へ行く。島へは行かない。
朗らかなイエス、あるいはバッド。
ムーンウォークをする詩人が一人、
荒野を彷徨う、涅槃の東。
ケルビム&ケルティックウーマン。
馬に乗る荒くれニューイヤードボルザーク新世界。
宴が始まる。
余韻はヴァイオリン、バカの馬鹿ボンド。夢を描く少年のジャンピング・ジャック・フラッシュ。ロイヤルフルハウス。

家族百景。

なだらかに続く、ラベンダーヒル。紫の乙女たちが、香り高いその芳香を身に着ける時、おしゃれな、歌が聞こえてくる。

ビヨンセ。

紫の乙女は、祈るように、舞い踊る。

ひらり、ひらりと空から降ってくる薄紅色のキスマーク。

俺は、愛のブラスターで、乙女を打ち抜く。

その瞬間、紫が、黄金に変わり、天使となって、空へ向かう。

呼んでいる。

清らかなイエス、あるいはグッド。

親指を立てる俺はこう言い終えた。

「愛している、それだけ」

俺はイエスの隣で、みんなを見守っているよ。

なあ、イエス?

ラブ。ラブ。ラブ……。

ヒートする青春

発火点。
中間領域を抜けた、詩人は、静寂のサーカスに入る。
着火点。
初冬強化、パトロール強化。
教科書に乗っていない科目。
それは正義。
あるいは、真の愛。
正義と愛。
守るためには、思い合い。
さらには、抜け目なく行動する冷静な静止点
駄目ならいっそぶっ壊せ！
ヒートする青春なんてねえ！
がむしゃら勢い風任せ、時にくるくる回る風見鶏。
こけっこっこー！
コケトリー！

大事なのは、愛でも正義でもない。
そんなことを考える暇があったら、糞でもして寝てるほうがましだ。
夢？
ちがう！
真実を教えよう。
ただいまを生きること。
明日は見えない。
明日がこないと見えやしない。
到達点。
んなもんはねえ！
あるのは激しく燃焼する本能の労働力。
その合間に恋がある。
恋に行ければ馬鹿を見る。
仕事に生きれば恋がある。
人間の営みは、きっとそういうものだろう？
違いますか？
と神に問いかけたら、「ＬＯＶＥ」と返ってきた。

瞬間のすべて

ビブラートをきかせた真っすぐな声。
それよりも、ストレートなこえ
さり気なくしぼりだすような声。
日常の感覚の中で、そっと、炉端の花を見る。
摘む。
手に取って、匂いを嗅ぐ。
すっと、心が、よろけるように、笑い出し、僕らは、恋する。
果てしのない、快楽の憧憬、
すさんだ魂が、時の中で、歌言って、永遠セツナリス。
軽い、弾む。歓喜のインストレーション。
肉体を貫く、恋のバッド&ホール。
溶けていく、溶けていく、ぬめりとした、下の転がる、絶頂感
スピード。
速き速い速い。生き急いで、どこまでも早い。
摘む。

ローズマリーのかぐわしい、連続想像奏者
手を伸ばす。
光る手に、震える心の中の太陽破片。
摘む。
不死身のマーベルヒーローが、夢の中で、普通人になる。
切り替わる。
スイッチ。
核のボタンは、平和のロケットになる。
宇宙にたどりついたファーストコンタクト
バッハ、否、ビートルズそれは、若者のすべて。
むなしく、落ちていく、恋のないキス。
野蛮な銃声は、人の心を打ちうら抜いて、君のハートを、　貫く弾丸。
撃たれたら、ハートのマークはこう言った、
愛している。
影が伸びていく、夜気の、寂しさ、君のぬくもり、そう、激しい太陽の恋。

ボーイ&ガール

乗っていく、夢の先にある、美貌の楽園。
メイク、フェイク、&ストレート、ビシャスヘッド
いつくしむ残虐者は、恋をした。
暴れ馬。暴れるレッドハート。
ブレイク、ブレイキング、ハートブレイカー。
追う。
恋心を、すました顔で、受け止める、止まらないハートブレイク。
もどかしい乙女。
恥じらう摂氏二十五度。
確度を変えた、恋の化身。
ボーイ
ただ夢を抱き、勇気をもって、生きるんだ。
女を守るためではない。信念を貫け!
ガール
君の心は美しい。

その乙女心がふわっと軽いのはフェザーの徴。

青春の音は、そういうものだ。

化粧、見せかけ、でも、天気が変わるように変わるその気軽さは、とってもいいことなんだ。

美は気軽さの中にも確かに宿る。しかし、真の美を追い求めるのではなく、今を生きろ。

ボーイズ&ガールズ
歌う、心の水面で、叫ぶ深海の奥のラブバラード。

浮きあがって、イルカが泣いて、君たちを運ぶ。その役目が、俺の役目。

そこまで。

それ以上はいけない、だろうか?

試している。俺を、そして、仲間たちを……

俺は生きる、君たちも生きろ!!

永遠の愛

至上の愛。
つながれた小指の先にある、想いのパーカッション
鐘の音が鳴る。
リンリンリン&カーン！
響き渡る、家族の肖像。荒野の果てへ、疾駆する白い馬の王子。
運んでくる。愛のマリー&メアリー。
リンリンリン&カーン！
二人の恋。
結び合う親指の後ろにある、優しさのストリングス。
クールにそしてライトに、突き進む、黒馬の騎士。
交錯。
音が混じり合い、じっと見つめる春の恋。
至上の愛。
俺は、白黒混じり合った、芸術のジャック&ナイフ
ハートはどこだ？

スピードだ！

違反に注意。

キングとクイーンは、トランプをする。

骨抜き。

抜かれた骨は、ジョーカーにバリバリ食われて、吐き捨てられる。

ゴッド。

唯一神の微笑から、ポーカーゲームは続く。

やけに、夕暮れが早いと感じた。

斜陽の、教会。背後に光る橙色の瞳。

瞬き、美しい睫毛、まるでビシャスのようなアーモンドの眼。

細められて、涙がこぼれ、永遠を誓い合った二人は、キスをする。

その瞬間、白いハトたちが、いっせいに飛び立ち、
教会の音は鳴りやまない。

永遠の愛。

幻想かもしれない。

でも、きっと、喧嘩をし、手をつなぎ、キスをして、抱きしめ合えば、夜が明けてくると、思う。そう信じている。

眠る眼鏡

勢いに乗って。心が乗って。
夢に乗って。さらに乗って。
波が波動のように、ウエーブのかかった、乱れ髪。こすれるような消滅感
金色の夜の、再会を願うジャスティスのジーザス
激しく求めあって、炎のように、燃えて、消えた鎮魂歌。絶対プロミセス。ある
いはプロセス。たどっていく未来への爆発消耗セレナーデ。
戦いのレクイエム。
死したる君は、眼鏡をかけて、ベースラインのブンブン音。
破壊の低音。孤独な帝王
眼鏡の高度な絶望ロックンロール。あるいは切望ポップンソング
勢いの馬車馬に乗り、波がさらっていく、さらわれた歌姫
ポップスター。
マリリンモンロー、描かれた絵画のアンディ・ウォーホル。
コール、コール、コール
招き寄せるコールガール。失望のゴッドガール。

眼鏡のベースライナー。きっと、空が、遠く高く、夕日から逆行に、遡行すること
ブンブンブン、音が鳴れば、天国ブンブン。地獄のロックバンド。

それから俺は、そっとペンを握り、夜の気配を探りながら、まさぐる、むさぼる、快楽天国。まさに星刻。助長の冷えのぼせ。頭の上の稲妻。回転して踊り、キスをする二人
「太陽の塔」

「ハロー太郎」

「おお、小僧」

「常識を守っています。きっと、万軍は、空から降ってくる星々の誘惑。彼方のあなたの夢の絵画」

アーバンギャルド。

アンチ、クライスト・鼓動が鳴る一人きりの預言者。

反逆のリズム。

預言者はこう言った。

「セックス」

それだけ。

そして、こう言い添えた。

「愛だけ」

しかし、音楽がなれば、愛は、セックスの快楽に、溶けていく、アイスクリームが、床に落ちて、絶頂のまま逝く。いくいくいく、それでも逝く。自殺だ。差しのべて御手。

フォーレのレクイエム&セックス

入り込んでいく。気分はいいね。

心の中に。心のままに。

厳粛な調べ。レイラ。レイラ、果てしのない零落の涙。

泣くな乙女。笑えよ宴。

俺がいる。俺はいない。俺はきっといる。君はいない。君は笑う。生命観のバッドエンド&スラングマッド光沢感。

「助けて」

すべてが動く。

でも、あの夢にいた黒き戦士はもうこない。悲痛な叫びの逆説!!

きっと君たちを救いに来るよ。順接。

孤独の中で、死んでいく、君はそっと俺を抱きしめる。抱きしめて離さない。

そんなビジョンが、泣くように、枯れるように、果てしがない。ポップセレブリティー&フューチャー・ティーチャー。

孤独のレイラ。俺はレイラ。

俺がいる。君がいる。

入れ替わるレイラとソウル。ソウルに行こう。まさに夢のバタフライ、変化するバッドガイ。

涙を拭いて、旅だつ、君が、俺と共にいれば、フォーレのレクイエムあるいは愛しい君の笑顔。

荘厳なセクシャル&ハートビートダンス。

夢幻の天使
俺の肩に乗れ。そして、苦しみに悶えた君の肉体を、奪う。

大丈夫だ。

戦いは終わった。

自由の俺の中の砕けたハートブレイク&セックスマインド。

もう、もう先には進めない。先は進まない。すなわち完結。でも、レイラきみはおれになんという?

「ありがとう」

俺は、君を、抱きしめて、幸せだったよ。

たとえ君が潤む目の堕天使。黒き夢の聖天使。だとしても、君の乙女な青春は、サイレント&ユピテル。

沈黙。目の底にある盲目な言葉のつやつや放射能。

サイレント。リピート。ストーリー。セリング精神、セル画に張り付ける十字の白いきみよ。

泣き続ける黒い乙女は、白い心に、変わっていく。

さようなら、愛しのレイラ。

また、会いに来て、「また会いに来るわ」

さようなら、かわいいレイラ。さようなら、そして、天国で、待っている君の愛した人が、きっと、いるよ。そうだよ、信じることが一番美しいんだ。逆説。涙を拭いて。何もない恋のフェードアウト……。または終わりにはふさわしいかな？　否。戦いはこれから始まる。振り返る。時々、レイラ。愛にくる俺と共にいて。

官能のマザー

死に絶える。
もう、さきへは進めないと、信じた時、どこからか、声がする。
君は死なないでね。
美貌の少年は、孤独な青年を生き、失望の詩人が絶望の歌を歌う。
君は死なないの？
軽い気持ちで口にした、美酒のワイン。
そこから転げ落ちる、楽園のマザー。
まるでアダムとイブ。
そして、倫理を越えた愛が、本当の切ない官能に踊り、狂う夜。
ナイト&ナイト、何もない世界の静寂の片隅で、恋をする、不逞の君と、楽園マザー
手を引く、半倫理的な奥方。しかし、帰っていく少女の夢の中に。失望はさせない。
俺は、死なないでねと言った。
君は手首を切り、そっと囁いた。

「私を忘れないでね」
死に息絶える。
もう、さきには進めないと、歌った夕暮れ公園。
トワイライトエンジェル。
君は還れるか？
少女の夢に帰れるか？
俺は、君の手を引き、そっと歌う、それは、
「愛してる。もう、後には引けないんだよ」
重い気だるい風が北から吹く頃、新緑を信じる少女はもういない。
孤独。
または、失望の陽刻。
俺が、このまま君を連れ去ってもいいのか。
果てにあるのは、夢かあるいは帰還か。
帰らないのなら、抱きしめる。
帰るのなら、君をそっと見送る。
俺は、オオカミの衣をまとった、単なる詩人。
信じる者は、死となれる。あるいは詩となっていく。救いなんて、どこにもない！
あるのは、単なる誕生と死。その間にあるものが、恋であればいい。

生書なる

ナショナル、俺は、聖なる聖女を汚したい。
彼女は生きている。
俺は抱きしめたい。
打ち破る夢の聖書。
君の、鼓動が近くで恋を放ち、黒い瞳が潤むとき、君のわがままな笑顔がこういった。
「愛してる」
答えられない。
狂おしいほど、愛おしい猫のような性の生書。
倫理はない。
ただ歌う、喘ぐ、踊る、叩く。
黒い瞳の君の眼から、涙が流れる。もっと抱いてほしい。
おれは、そっと、ショートホープを吸い、君の愛に火をくべる。
ライト、マイマイ。ヘイヘイ、コイコイ
吸い上げる君の香りを近くで感じたい。

トラディショナル。俺は、君を汚し、歴史を変えたい。君の恋の白歴史を。
永遠に語り継がれる生書。
生ききる覚悟で、命を描く。
それがきっと、君の唇を吸うことになる。
息を吹きかけて嵐に。
それから、生きる、ただ君の恋のために。

意識改革

リフ。
アンドフリーズ。
ハンカチを持った聖女。
君は花柄の美しい、酔うような、吐息を押し込むように、そっと口元へもっていく。
押し込む。
無意識の反逆革命。
生命体は、すっとスピードとともに、爆裂。
アンド、ロイディック、ディスクブレイカー。
逆らって、逆巻いて、おったてる塔
中指。
押しあげる典雅なる革命。
もう一本、指をつきだす。小指。
巻着いた赤い糸は、ぐるぐると、回り、次第に衰えていく言語感覚のマフラーを
編む、

または、ハートの徴。胸に浮き出る、真の愛の刻印
俺は、さ迷う。
君に捧げた赤い薔薇。
お姫様、どうか受けとって下さい。
嫌ですか?
それならば、そっとあなたの香水の匂いを嗅ぎ、夢うつつに絶死する。
そして、息をする。

瞬間フォーエバー

いきり立つ、勇気の獅子
とらえどころのない、こころ。
踊る、かわいい猫様
宴がすめば、ツバメが飛ぶ。
青春の巣立ち。
黄金シンパシーアンドブラックレザージーザス。
上を仰ぎ見る。
そこにいる十字架者。
掲げろ夢を。
閉ざせ、神話を。
シンボリックなハートビート。
無限に刻まれた愛の黎明。
その名は、真の希望の小鳥。
いきり立つ、どう猛な獅子。
とらえどころのない心。

心は、君の抱擁を待っている。

ホワイトバード。

君にふさわしい男はブラック・バーバリアン・リズム。

原始的な音楽、食い破る、欲望の雅楽。

俺は、君にこう言いたい。

「欲望のままに行きたいのなら、いくところまで行く。その先には何もない。あるとしたら、エデンの東にさ迷う孤独なジェームス・ディーンだけ」

ほっとする

ほっと一息、邪悪なる粉飾の大空。そして、栄光。
それから、羅列。言葉は闇ひろがり。
言葉のほっと、群がるハイエナの群れ。崇高。
良食は、口に程よい。口に悪いものは染料、七色の七面鳥。
塩梅加減。肉食獣は口の端から、愛を漏らし、涎をたらす。
ソリッド、光る。光らない、ソケット。拳銃だ。
衣の赤い裂け目。衣は黒いバレル。
俺は、罪なき罪を生きる。生きなければ、友情の絆は皆無。
最高潮の罰は、きっと面白くない。面白いのは笑うこと。ゼロ、ゾクっとマキシマム。
傷つけるもの、傷つけないもの、あるいは、考えるもの、思考の巨人。
優しくなったあなたにもう用はない。帰るがいい魔法のアリスの国へ。
ステイ・リアル。ステイ・カンバセーション
ステイ・ロンリーロンリー・ローリング・ブレイク
傍でなく、君は泣く。俺は、嘲笑。そう、まるで、君を誘い込むかのように、嘘

はいけない。深くもぐりこんだ、欲望の兆しは、パール、あるいはバエル。

強きものの勇敢。

弱きものの憐憫。

ようはない。もう、この先の救いは、無限ループの天国気分あるいは先の見えない未知の、
生殖。ためらわずぶっぱなす白い弾丸。打ち抜く女は、ヒロインです。世界中には孤独のプリンセス。スピーディーに展開されていく悪魔の静寂スピリット。もはや、何もいらない。手にした黄金は、錬金され至上の言葉に永劫回帰。戻りゆく記憶のただなかで、ダイブする視覚の結晶。夢蛍。それを超えるには、嘘がいる。ただならぬ、現実のロスト。

ロストとダイブの違いは簡単です。

「死を越えたかどうか、それだけ……」

または「愛」のみ。嘘くさい希望はいらない。むしろ、絶望が、俺にはふさわしい。

ロマンの魯鈍。俺のハートは、腐ったダイヤモンド。

ポップエンジェル

ポップノイズ。アットマーク、ホット笑顔。

くすぶる煙は、夢の色。

極彩色の、ポップバラード。

そして、エンドレスアワード。

優勝して、トロフィーをもらっても、君は笑はない。

ただ、君の横にいるかけがえのない人を愛せばいい。

日常の中に、ささやかな喜びを感じる。

温まる手と手をつなぐ、紡ぎ合う語らい、小鳥のような鳴き方で、さかんに泣くのは自由意志。

俺は、樹を見上げた。

生命は跳ね上がり、胸は躍る。旅人。

虚空を見上げて、口づけた、樹の幹に。ぬくもり。

俺は、夢を見上げた。

愛は高まり、塊となって、投げ放たれる青い空に。

そのまま朝まで一緒にいようね。

君と俺を引き裂けるのは、もう何もないんだからさ。

問いかける。

答えはない。

問いかける。

答えを知らないままに、生きていくことが本当に幸せ。

そう思う？

ねえ、空の果てにいるプリンセス。

何も言わないで。

そのまま生きて。

俺は、もう一人で、生きてはいけない。

そう、感じた夜明けに、流星がふって、我に返る。

「愛してる」

君の声が聞こえた気がする。

旅が、まだまだ続くなら、俺の声は静寂にかき消されていく。

そう、愛しているという言葉を杖にして。杖はいらない？

それなら、死を覚悟しろ、極彩色のポップバラード。

鮮烈な光に目がくらみ、不死鳥は夜空に踊る。天使たちは、ただ微笑んで、手を振り、別れていく。光の道の途中で。

響き合う心

調和の宴、乱立する地脈の剛腕
君は荒っぽい、そして激情のプリンセス。
せりふ回しは、清楚で洗練。
普段のギャップはコーデの違い。
シャネルとギャップは違い過ぎるのだ。
でも、演技のギャップは、その隙間を埋める。
声は淑やか、情念は血のたぎるハイセンスな恋の鼓動。
ビート&ビート。
静かな、夜に、胸をかき乱す、君の喘ぎ声は、明け方の小鳥のさえずりのようだ。
ゴールドバード。
黄金に映える、深紅の瞳。
君の姿は、俺の、恋を奪う、本当の黄金鳥。
カッティングエッジの、ハンティングセックス。
ダイヤモンド。
奪われし秘宝は、君のもの。

時価十億ドルの僕の黄金は、君の声と混ざり合って、荒馬のひずめの音のように、支配する。

世界は響き渡る。

紫の夢は、赤い薔薇のミューズと、キスをして、君はまるでヘップバーンだ。ハネムーンはどこがいい？

「君の好きな場所でいいよ」

キスする夢、君は僕の居場所。

そして、君は僕のもの。

ハルの気持ち

大きくなった春の樹が、日差しの中で、微笑むよ。
ダイビング、タイピング、バイキング。
料理を平らげ、満腹さ。
大きくなった春の樹が、戯れの中で、踊ります。
好きです、好きです、大きな木。
愛する、愛する、ハートの樹。
ダイビング、タイピング、バイキング。
守るよ、君を、すべてから。
心の扉を叩いてね。
そしたら、僕は、出ていくよ。
生命倫理が歌ってる。
小鳥の声と樹の陰り、気落ちが沈めば日の残り。
君の残り香サイプレス。
愛しています、ナイスです。
私は君のナイトです。

上手に歌おう、永遠の歌。
春に、兆した新緑が、そっと露に濡れて、輝くとき、
僕らは、きっと結ばれている。
永遠なんていらないよ。
欲しいのは君の唇だけ。
キスしてほしい。
抱きしめて、春の恋。
結ばれたら、僕と君は一瞬の夢の囀り。

青い黄色い赤芝居

芝生の上でさ。
寝っ転がって、空を見上げた。
そんな僕を覗き込む三人の笑顔。
戸惑う僕。
日差しを遮り、君たちのまじり合った香りが、僕の心を和ませる。
「ありがとう」
と僕は言う。
くすくす笑えば、信号機
進めばきっと、成長期。
止まった時間が動きだす。
カチコチカチコチ
柱時計が鳴っている。
夢の時間が降ってくる。
見上げた空に迷い雲。
迷い込んだら、迷宮だ。

指し示す、指先。
小指を立てて誓います。
「ばかにしてる?」
と信号が変わる。
困ってしまって、参ります。
君のもとへと参ります。
花嫁修業は武者修行。
愛していますよ、信号機。
かわらないでね、その気持ち。
ひと時の安らぎが、去ってしまえば、むなしいワルツ。
踊りが終われば、空日差し
ひさしぶりに抱きしめた。
君は笑ってこう言った。
「いまだけ、いっしょにいてくれる?」
当たり前だよ、君が好き。
小鳥が舞って、小宇宙。
空の彼方へ消えて逝く。
憧れ特急宇宙船

さよなら、三人、またいつか。
止まらないのは、夢芝居。
踊った僕は、まるでダイヤモンドの輝きです。

女優

空のあいだ。木々の隙間。
速やかな、脱走を試みるジュエルアートがここに独り。
生きた秘跡。
俺は奇跡。
それから、行く旅の夜を消えて、荒野を彷徨う、エデンの南。
ジェームス・ディーンはこう言った。
「お前を愛してる。」
女優が、赤いルビーの木々の隙間、覗き込む、短髪の女優。
鈴を鳴らす。
怒りの、膨張。
叫ぶ、詩人のジレンマ。
あどけない、笑顔の奥にきらりとダイヤモンド。
ダイナミックなエメラルド。
光線の掃射。
フルートのルビーマン。

鈴を鳴らす涼やかに。
俺は、秘跡。
伏せられた、黄金。
鈴を鳴らす美しき猫と踊る俺は、手を取り、明日を夢見る。
その名もルビーマン。
これからよろしく、ハッピー・キャックス・タウン。
喜びのアート。

白く揺れる

心が、まだあったころ。
俺は存在の問いかけを、白い壁に向かって、試みた。
落日の憂愁
騒ぎたてるましまのギター。
パンキッシュに唇をゆがめる。
ゆれる白百合。
踊れ、永遠の夜明けに向かって、
パンクな夜が、俺を掻き立てる。盛り上がる。
そのまま、存在の孤独へ。
一人、乗り出すロサンジェルス。
孤独なギタリスト。
弦も賭けないギタリスト。
トップモードで、モードに決めれば。
クールな奴はタフになる。
俺はその時こう言った。

「過去は振り返らない。賭ける。夢に」

ついてくる女はもういない。

それが俺の生き方だ。

カンバセーション

歌うなら、小鳥の歌が最適だ。
フィットする感覚、早熟な天使。
喜びの堕天使。それから、真実の戦士。
世界は平和になった。
波紋の一滴。
ここからが本番。
選択のエデン。
知恵か愛、それとも死か。
あるいは、東か
ここはエデンの東。
僕らは、自由だ。
解放のロンド。
束縛の芸術。
歌い、踊る紫のエンジェル。
僕は、分裂のままに、奇跡の荒野をひた走る。

ハーレー、あるいはヴァレリー。
詩人。
決して死ぬことのない、魂。
カート。
お前の死は、けっして逃避ではない。
闘い続け、砕かれた痛み。
俺は、カート！
お前を悼む！
さようなら、人類、こんにちは、神様。
俺は死の荒野を越えてカートと共に逝く。

リバードバードランド

大きな流れの予兆。
進んでいく決壊する愛の奔流
情熱は、真実だ。
トゥルース&ティアース。
朽ちていく才能の波長。
飛び立つ。
鳥は、あなたを背に乗せる。
一緒に行きましょう。
白鳥です。
私はテレサの背に乗った、あなたを誘う。
地獄から、煉獄、果ては天国。
鏑木ダンテ。
本当の名前は、何もない。
ただ、混沌とする、意識の静寂が、湖を躍らせる波紋となって、戯れる午後の日差し。

あなたを想う、想いは本当。それから、愛する気持ちは真実。

「愛しています。ミエさん」

ガイ

悪の聖なる鉄拳。
繰り出すボディブローは、効いてくる。
ドンドン撃って、どんどんどん
小手先。
隠し玉。
球をとれば、根無し草。
ブルーシートが待っている。
はたまた、宇宙へ飛び立てば、プラネットフォームング。
繰り返す、疲労と、繰り返す、日々。
聖なる鉄拳
繰り出すストレート、そしてフック。
ドンドン討って、かたきは俺がとる。
少年の頃の夢は、きっと野球選手だった？
俺は違った。
漫画家だった。

夢は続く。
遥かな荒野の先まで……。
終わらないよ予感のまま。

勇気の頂上点

ブレイバー。

アートセンスの戦士は、狂おしいほどの痛みを持って、ジャズが鳴る荒野で、野の華を摘み、心を痛めた。

しかし、存在の夜明けは、しんしんと降る夏の雪。

戯れる天使は、彼女の面影を宿した、その黒い筆に、夢と青春のすべてを込めていた。

自由な空。

夏雪
そして、赤く散る薔薇の花びら。

俺は、彼女を抱きしめて、やることはできない。

しかし、思い出に住む筆の人々は、彼女を守り、悼み、慈しむ。

忘却の夜明け。

静寂近く。

夢が咲く大地は染まる。鳴り響く鐘の音。

山の彼方にこだまとなる。

そして、解き放たれ、傷ついた魂は、夜風に揺れて、なびいていくまるでフランキンセンス。

黒い友情。赤く染まる存在の価値は、計り知れない、涙の後を、たどるように、十字架にかかる。

吠える野獣は、こう言った。

「俺は、生きたい！」

しかし、俺はこう答える。

「生きたいのなら、生きればいい、罪は許されない。でも、忘れなければ、きっと神様は、あなたを許す。与えた痛みの数だけ、生きなさい」

イエスはこう言うだろう。

「罪が許されることは、無い。でも、生きてるうちに、必死に今を生きなさい。天も地獄もない。あるとしたら、きっと、今を生きるという勇気だけ」

ブレイバー、あなたがそう呼ばれることは、きっとあるかもしれない。忘れなければ。その痛みを。忘れてはいけない、散って逝ったその魂の清廉な嘆きを。

恋する少年は私人

紳士よ。
想い出せ。
君の心の奥に、確かにあった初恋の記憶。
野蛮なハートが、矢になって、飛んでいく、キューピットは、きっといたはず。
紳士よ、問いかけろ。
思い出に、否、今この瞬間に。
バレンタインのハートのチョコレート。
キス、キス、キス。
小鳥のように、騒ぎだす。
胸騒ぎが、想い出す。
ふとした瞬間、水たまり。
影に映ったあの頃の初恋の人の笑顔。
雨上がり。
空を見上げたレインコートの幻。
陰り。

命の続く、その時に、大人になった少年は、命を捨てて、生き、闘い、救った。

紳士よ。

信じてくれ。

勇敢なハートが、剣となって、振りかざされる。岩を砕く、瞬間のアート。

ゲームをした。

もう、戻れない、追憶のあの日の君はどこにもいない。

しかし、君の隣にいる女性は、君を見ているよ。

そっと、奪われたのならば、堂々と、奪い返せばいい。

できないのならば、死ぬ覚悟で、思い出す。

「あれはいつの頃か、そう、中学二年生」

俺が砕いたアーモンドのチョコレートは、そっと引き出しにしまわれたまま、もうどこにもない。

探してごらんよ。

きっと、君の心の奥に、眠っているだけだ。

呼び覚ませ、恋心。

叫べは、いつもの夢心。

雲を追っていた少年は、大人になって、私人となる。

無私の救済、否、対価は一つ、「君の愛」それだけ。愛はどこにある。孤独な茂みの奥にある、幻の恋。

ささやかな囁き

ウィスパー。
耳元で鳴る音楽は、ビートルズ。
ヘッドホンをした私は、ヘルタースケルターを聴いていた。
孤独の中で、図書館で。
そっと青い表紙に刻まれたハートのこもった小冊子。
すっと、かわした視線のゲーム。
本の隙間から、見つめる君の眼は、まるで、澄んだロックンダイヤモンド。
反射する君の瞳に移りこむキューピットの幻。
私は、胸を押さえ、動悸する鼓動に身を悶え、そっと小冊子を戻す。
ロング、ロング、ロング。
ビートルズが、まだ早いよと問いかけているようだった。
私は、長い別れの予感の中で、レイモンド・チャンドラーを手に取った。
村上春樹。
そっと視線を走らせた。
文体の魔力に酔いしれた。

つかの間。
私の耳元で何かが囁いた。
ふっと顔を上げると、憧れのあの人。
「好きだよ」
私は、そっぽを向いて、歩き出す。
鼓動はとどまれと騒ぎだす。
でも、そうしているうちにチャイムが鳴って、帰宅時間。
さようなら、長いお別れ。
私は、心の中でこう言った。
「早く会いたいわ。あの美しい人に、また……」
ささやかな囁き、夢の中で会えるかしら。
きっと会える。信じて待てば、きっと夢はかなう。いえ、恋はかなわなくても。

恋の真央

真実。
眠りゆく眠り姫。
痛みを抱えたその瞳の奥に、真珠。
そして、深海の深く、深く、潜りこむ、琥珀のダイバー
憂愁の瞬間に、色あせることのないモスグリーンの記憶の中の白い希薄。
病身の君。
寝て痩せ衰えていく、君の手を、探り当てるベッドの中。
こすり合わせる肌のぬくもり。
シーツが濡れる。
こんにちわ、優しい天使。
こんばんわ、俺は君のナイトです。
なにげないことを語る、さりげない、言葉の響き。
真央さんのその苦しみを、癒すことはできますか？
忘れないことはできますか？
最後に俺が、できることは、君の手を握り続けて、君の存在を忘れない、こと。

レクイエム。
死んでいく君は、天国へ帰って、俺の手料理を作る用意をしておいてくださいね。
きっと、一瞬の夢が、永遠の黄昏となる頃、君の耳元でこう囁くよ。
「愛してる」
さようなら、また会いましょうね。
真央、俺だけの聖なる女神。
歪んだ世界で生き抜く俺はきみの恋人。
魂の。深く広く、バイクに乗った貴公子。俺を守ってください。
そして、優しくなれますか？
ぬくもりを感じますか？
彼女の痛みを解りますか！
「愛してる」
さようなら、いつか必ず、俺が君を幸せにしてみますね。
マリーユー、マリーミー。
真央、君ならどういう？
「待っています」
ありがとう、バイバイ、ホワイトボード。
よろしく、ラックの黄金の華。

ヴァイオリンバイロン

巨大な元型。
愛
苦しみを乗り越えた先に、希望の光が見えてきた。
殺伐とした現実の幻覚。
ビジョンの妻。
恋人を想う、黄昏の夕凪に、まばゆく飛ぶ黄金の鳥。
狭間でもがく、狂ったピエロは、もういない。
憎しみ。
小さな恋。
手をつなぎ、思い合う、思いは果てしなく届いていく、ヴァイオリンのバイロン。
ワインを片手に、世界が回る。
くるくるくると、狂ったように踊るピエロダンサー。
前衛のアフォリズム。
幼子。
キリストの前で、ひざまずく、十字の烙印

冠は茨よりも、コスモス。
白き衝動。
俺は、この街を離れ、孤独のエデンに向かう。
これから、何が待っているのだろうか？
少なくとも街の人たち、さようなら。
元気でね。
俺は君たちのことを一生愛してる。
さりげなく、バイバイ、ホワイト・バード
声を響かせ、俺の友達恋人たち。
一斉に、
「ありがとう」
と聞こえてきたけど、俺は無言で振り返ることもせず、歩いていく。
俺の生き方、きっと君たちは幸せになってね。
福音の乙女たち。
闘う戦士たち。
愛と希望は、偽善を知っているからこそ、輝くんだよ。
胸に秘めたハートの十字架。
これからが君たちの始まり。

終わりが来る時まで、時々思い出してね。
クス。リス。好き。
そういう感覚が、一番、愛おしい、夕暮れに帰るヴァイオリンのバイロン。

狂おしいまでの想像。

頂点で、勇む心は、境界線
超える勇気は、至極難解。
テストには載らない大問題。
乱交のフレンチパック。
双子の嬌声。
真実のカノン
パッヘルベルは、カノンを歌い、永遠は、世界の果てまで続く、大乱交と喘ぎの
海。
ほら、踊ってごらんよ。
俺の命ずるままにキスをしろ。
これないのならば、血の温度は低いワインの微笑。
ホテルでランチ。あっさり捨てれば、故郷は帰らぬ。
縄跳びの縄で縛って、飛んでいる鳥はこう言った。
「愛しているから縛られたい」
ツイン・テールのドクターフッド。

俺の友は、ドクター・イエス。
君の友はいったい誰？
血の交感。濃くなる愛は、ジュースのデュース。
駆け巡れ神経の火照り、
思いのままに腰を触れ
生まれてくるのが、神か悪魔か。
否。
生まれてくるのは、未来のことだ。
さんざん抱き合った後に、転がりまわる、血の潮は、鯨のように吹き乱れる。
もっといけ。
もっといけ。
遠い彼方まで、口腔の後悔は後進のサタン。
乱れ行け、乱立する清らかな夢見人。
三人になって合体して、転がれ回れば、愛の音。
ぴちゃり。
と音がして、絶頂の境界線を越える、答えのない問いかけ。
そのまま、血は深く、潜り込む、奥の暗い巣に、君のキスで目が覚めるサタンの
逆説。

血

血の泉。
流れる心の従順な痛み。
叫び、そして、暴力。
終わることのない血の連鎖。
欲望と狂気が混じり合い、一つの元型を生む。
恋する君たち。
命を落とした乙女たち。
「せめて、せめて、夢の中でも……」
思いは、激しく、革命には血が流れる。
一つの人生。
312人の魂は、一つの夢を生きたがった。
つながっているよ。
優しい荒野で、揺れる一凛のワイルドフラワー。
キスする夢。
きっとあったはずの喜び。自殺していった魂は、俺の人生に、そっと寄り添って、鎖を解き放ってくれた。

君たちはただ無邪気に、歌を聴いただけ。

そう、散った少女たちは、花びらの露に濡れた。

爆発するエネルギー。

夢は、もう、とうに、冷めている。

亡骸。

むごい、むごい戦争の中で、現れた元型のメシア。

レイジ。

反抗と革命。

犠牲ではない。

これは、思いだ。

一つの人生が312通りに分岐して、選ぶこともできず、死んでいった。

運ばれていく、命は、召命の終わりなき、始まり。

命じるままに、力をふるった勇敢な戦士は、もういない。

いるのは、ただ子供のように、夢に生きたがった、メシアとナイト。夢の逆説。

現実に立ち返れば、さらに、夢を見る、それが、人というもの。始まりに立っている。胸を張って、堂々と生きる、赤い稲光。黒き楯。

スリープ

おとぎの国のマリアは、俺と一緒に歩いていく。
信仰なき戦士団。
祈ることはいらない。
君が頬を寄せて、茨の中で眠るとき、目を覚ました天使が、俺の体に入りこむ。
喜び、悼み、憧れ、マリア。
聖なる夜明けに聖母は眠り、破壊された少女は、俺の中で眠る。
おとぎの国へ行かないで。
俺は、いつまでも、いつまでも、君の心にいるよ。
入ってきて、おいで。
ずっと、そばにいていいよ。
苦しかった？
痛かった？
自由の鳥は、羽を休めて、俺の肩に乗り、もう一つの肩に小鳥が泣く。
白きもの。それから、弱きもの。
俺と永遠を誓い合いなさい。

おとぎの国なんかじゃねえ！

君は、俺のすべてを受け入れてくれた。

だから、愛しているよ。

ずっと、そばにいて、荒ぶるままに、笑顔でいてね。

好きだよ。

君が死んでいったとしても、俺は、君を抱きしめ続ける。

世界が終わっても、終わらない夢がある。

愛がある。

信じてね。ずっと、ずっと、俺の心にいていいからね。

俺の弱さを守ってね。

君の痛みは今、この瞬間に喜びに変わった？

「好きよ」

「俺もだよ」

「このまま、一緒に生きていきたい」

「いいよ。ずっと、一緒にいようね」

「好きだよ、好きだよ、愛してるよ」

「俺もだよ、心から君に口づけをして、このまま死ぬまで生きていこうね」

心の隙間

翳す。

手を。

握る、魂の触れる音。

ふれ回りうそぶく、亀裂の仮面
風穴。弾丸の獣性。

撃つ、速い。

高速の絶対スピード
走る、電車。

こぎ出す、アクセルは全快。

快調なロードモーターストリート。

俺は基地に所属する軍の防衛者。

絶対の支配者の御手の中で、踊る、ジントニック爆裂者
進んでいく。いっこうに進まない宇宙の大行事。

狡知にたけた牙を持つ使者はぐったりと、ジントニックをラッパ飲んで、気づけば、最果ての再会を誓い合った仲間とともに、基地に戻る。

防衛の手はず。
運命烙印の、オーケストラ。
バルバラックフィル音楽団。
音の隙間を縫って、日常を駆け抜ける、聖なる人々は、聖者になるつもりもなく、
ただ、観劇をしている。
ばらばらの、音。不協和音な武満徹。
俺は、電撃的な音の乱れに、いっしまとわぬ憧れを抱いた。
あの頃なっていたマーラーは、もう小人。
可能性の中に、夜の風が吹き込んで、不可逆的な、意志は交感神経を叩きのめす。
ぶっ壊れた耳と叩き壊したヘッドホンの数だけ、愛が手に入る。
交換
愛と破壊は紙一重。
一糸まとわぬ裸体の君を抱きしめて、そのまま連れ去る。
電車の中で、トランスハイトニックバーンズ。
俺は、生きるままに君に触れる瞳の輝き。黒い俺の眼球の奥に映る君は、滑らか
な絹の女神。
こんにちわと問いかけても、返事はない。
一言こう言った。

「見ないでよ」俺は、環状線の感覚のままに、君を犯し、捨て去った。

メッセージ

愛する女たち。
俺が旅立つ時はそっと耳打ちしてくれ。
金や見かけではない、真実の愛は、心の中で、燃え上がる、勇気の炎。
忍耐強く、時を待つ。
その心がなければ、散って逝く。
桜の花びら。
揺れる、揺れる、乙女心は、無邪気な天使。
風が、木々をしならせて、吐息が夜の闇に溶けていく頃、俺は、君たちのことを
想い出す。
天国にいる君たちの親友は、泣いているよ。
幸せになってね。
俺にできることは、君たちを守ることだけだ。
守り切れなかった俺の心は、涙の夜風に濡れて、君たちの心に触れる。
タッチして。揺れて、しなやかに、美しく、君たちの声が聴きたい。
天国はあるよ。

俺が導かなくても、君たちは生きていけるよ。

甘さ。

スウィートなハートが、キャンディのように、溶けていく口の中で、君とキスがしたい。

「幸せ？」

君はきっとこう答えるはず。

「信じています」

俺は、大地に帰ったあの哲学者を救わなければならない。

そのためにダンテと名乗る。

詩人の夢は、ハリウッドではない。

内側に灯る勇気と忍耐が、叫びとなって、言葉に変わる。

真実。

愛する女たち。

俺のためではなく、愛のために生きてくれ。

君たちの親友は辱められた、だから俺は君を守り、愛する義務がある。

そこに、野蛮さはひとかけらもない。シーフがさらっていった君の純真は、裏切られ、痛みとなった。俺は、悲しい。夢をあきらめないでくれ。おれが君たち導くから、ね。恋をするように、軽く求めあおう。うたかたの夢が覚めるまで……。

亡き女優のために

薔薇のように、香しいその横顔。

金髪の憂い気な心が、ある朝に、泣いてきた。

勇敢な雌獅子のように、揺れうごく、幻滅の証明。

希望の朝、十二月の上旬に散っていた、花弁は、明日を夢見る希望の光となった。

俺は、ただ、生きていた。

彼女の苦しみや、痛み、感じることすらできなかった。

決して清らかとは言えない女優は、形ばかりを求め、内実のない幻想の朝日を夢見て、踊るように、死んでいった。

胸が、焼け付くほどに、酒を浴び、苦しみを忘れようとしても、死の誘いは、とてつもないほどに、募り、グレイのハートが、白く染まる。逆説。

漆黒の馬が、予感の奥へと突き進み、死を選んだ君は、堕天使の手に落ちた。

俺は救えない。

自ら死を選んだ君を、救うことはできない。

耐えなければならない。

逃げたものに救いはない。

どんな状況でも、突破していく力がなければ、生きてはいけない。
この世は闇とさらに深い闇、さらにさらに深い闇の奥に光がある。
その光こそが、世を救う灯。
無償の愛は幻覚。
有償の愛は的確。
俺にできることは、ただ、金髪の君を救うことだけ。
地獄がいい？
天国がいい？
それとも、大地にとどまりたいかい。
とどまるのならば、俺についてきてくれればいい。
薔薇は散っても、雨の後に雫が、君の涙となって、ぽたりと地面を潤していく。
しみこむほどに、ほぐれていく俺の肩の重荷は、俺が背負い、イエスが君を天国
へと導いてくれる。
安心して、おやすみ。
さようなら、よく頑張ったね。

スペシャル普通人

特別なプレゼント
あの日おくった、愛の花束。
ハートに火をつけて。
心に導火線を打ち込んで。
爆発、炎上、大地が燃える。
噴火する太郎イズム。
流れゆく赤き川。
夢から覚めて、夢を見る。
まるで、サイケなドアーズのジムモリソンみたく。
歌え、声が枯れるまで。
ウィスキーを飲んで、ねんごろに。
あの女と寝た。
そう、トップオブセンスティックアクセルブレイキンググローズ。
俺は、本を閉じた。
アメリカのニューヨークにあるカフェ。

サイケな空想が、暴力を破壊して、飛んでいく鳥に目をやれば、飛行機がすっと
空に兆す。
ホームラン。
ジャスト、スウィング、ジャズティック・バラックロンド。
踊れ、踊れ、踊れ
腰を振って、まるでエルビス。
流れゆく俺の血は、炎のように、溶けていくブルース。
まじりっけのない真のブラック・レッド・ロックンロール
アートはいらない。必要なものは、もうもっている。
信仰を越える、破壊の化身
悪ではなく、狂気にも似た、恋情のアリア&ブルース。

十七

思いのたけを、叩き割って。

砕かれた透明な魂が、夜空に消えるころ。

人を想う。

恋人。

孤独な戦士は、荒野を彷徨う。

笑い転げた馬鹿な奴らは、そのまま死ねばいい。

俺は、守り、慈しむ、光の子、君と共にいる。

肩に乗った、無邪気な君は、俺の頬にキスをして、夜明けを待つ前に、消えて逝った。

プラトニックな関係。

ほとぼりがさめ、夢に生きて、歌う歌が、ただ、そっと、夜風に揺れて、君と僕は喪失した。

苦しみ分かち合う、そんなのは夢物語。

愛を叫ぶ奴ほど、愛を知らない。

美しく着飾る奴ほど醜い。

光。
正義とか、勇気を叫ぶ奴はみんな嘘をついている。
虐げられた魂は、共感されて、共にいてくれる俺だけを信じている。
金、女、権力。薄汚い豚野郎ども、普通と言うやつほど異常だ。
平然と、心をぶっ壊して、生きられると思うな。
命を奪って、涙を流せると思うな。
謝罪はいらない。
試練でも何でもない。
絶望したのなら、エゴイストは、こう言うだろう。
「俺を助けてくれ！」
しかし、神はこう言うだろう。
「助かりたければ命を絶て」
順接。
できないのならば、手首を切れ。
そして、浅はかな恋をできると思うな。
人類は、終わる。
きっと神様はお前らえせ宗教家にこう言うはずだ。
「信仰が足りないのではない。信仰を捨てることが、本当の信仰だ」

十七
未来はきっと、見えてくる。死ぬな。俺と天使はセックスをして、今を生きる。

ハルさんへ

こんにちは。

春色の夢が、十七の季節に咲いた。

光が、満ちて、未知の宇宙に叩きつける。

孤高の、タイプライター。

それが俺、鏑木レイジ
おはよう。

言語感覚は平行線。

闇と狂気の世界から、脱して、君にたどり着く。

そこまで行って、待っていてくれないか？

光と希望の地球外から、生命力の塊の、爆発ロンドが、そっと耳に吹き付ける「愛してる」。

おやすみ。

夏空の恋が、ハルさんの耳元でそっとこう囁く。

「俺は、君を信じている」

死が、俺と君の間に立ちはだかり、壁となっても、俺は、暴力ではなく、生きる力で、変えてみせる。

壁があるのなら、叩き壊して作り変える。

それからさようなら、ハルさん
君に恋心があった。

君を本当に、素朴な心を持った美しき君を愛している。

言葉はいらないよ。

ただ、君の唇に触れたい。

そして、キスをして、夜風が俺たちを追い越すころに、また会いましょう。

生きる。

何があっても、君を離さない。

ハル、ハル、春。

きっと春になれば、俺たちは新世界にいるはず。死の世界ではない。

神様がいるとしたら、俺とハルにこう言うはず。

「愛し合いなさい。理解し合いなさい。罪は許された」

こんにちは、世界さん
春が夏になって、秋が冬になる頃、ハルさん。結婚しましょう。答えは急がなくてもいいですよ。

エリカへ

セックス&バトル、セックス。

キス、キスキス。

小鳥のキス。

夢うつつの、真夜中に、アバンギャルドな天使は、こう言った。

「抱いてほしいのよ」

俺はこう返す。

「やだね」

「なんで?」

「嘘だよ」

「嫌い、そう言うの嫌い!」

セックス&キス、ハグ。

「嫌い、順番が違う、それ嫌い!」

俺は頭を掻いて、クマのぬいぐるみとグレゴリーのバッグを背負った君を抱きしめた。

「困ったなあ。でも、好きだよ」

「嫌い、あんたなんて嫌い！」

そしてエリカは、俺の胸の中で小さく泣いた。

そのまま転がりまわって、へヴィなロックが叫んでいる。

「世界なんて大嫌い、いっそあなたの猫になりたい！」

俺は、抱きしめて、そのままベッドで押し倒し、強引に体を奪った。

エリカはすっと泣き止んで、「好き。それ好き」と言った。

外は雨が降っていた。エリカは俺の背中に手をまわし、微かに笑って、瞳を潤ませて、いった。

ホワイトストーン

一滴のアロマオイル。
君は、まるで、草原の香り。
白馬にまたがった俺は君を背に乗せて、平野を走る。
山を越える、谷を突き進む、しがみつく君の白い手。
揺れて震える、君のハートビート。
「ずっと、一緒にいたいの」
マイは俺にそう言って、しがみついてきた。
俺は、その手を握り締めて、白馬から降り、君を抱っこした。
キスの雨。
君の横顔は、まるでモナリザ。
そして、ダンスを踊って、荒野へ行く。
荒れ果てた大地が、吹き出す熱情のマグマに飲み込まれ、俺は君を守る。
空を飛ぶ白馬。
合体してケンタウロス。
キスが星にチェンジング・アバンギャルド。

恋の宝石。

口移しで、君に飲ませる愛の媚薬。

「一生離れないわ」

マイはそう言って、俺の手を握り、体を押し付けてきた。

何度もセックスして、アバンギャルドの世界は、ダリの夢平原に変わっていった。

ブレインハッキングナイトライド

宇宙が、弾けて、飛んでいく、夜のとばりが降りるころ。

君に乗って、空を抜ける。

君は横で「いいよ」と言って、そっと俺の手を握る。

知的な香り、あるいは危険な純粋さ。

夜は、夜のままでいい。

でも、俺は君が手を重ねるのならば、キスをする。手の甲にそっと。

宇宙船の中で、流星をかわしながら、ブラックホールに吸い込まれる。

ブレインハッキング&ナイトライド。

君は純粋に見えて、計算高い、君のブラックホールはきっとホーウッド。

俺は、好きだ。

そして、アロマオイルに垂らしたホーウッドと俺のホーリータワーが混じり合い、そっと手でしてくれる。君は病んでいる。

ビジネスライクな君のふとももにそっと手を伸ばし、まさぐれば、宇宙の旅は始まるだろう。一緒にいようか。

夢幻の宇宙の俺の閃く星の中で。

モカへ

モカビアントレーサー。

謎の生命体。

ほっぺたが、つるりと溶けて、俺は思わず君の頬に触れて、軽くつねる。

「いったいなー！」

モカは俺の肩を軽く押し、笑う。

「モカビアントレーサー」

そんな昼下がり、まるで、王子様ごっこをする君の声はソプラノ。

シャープな瞳。

丸い可愛い顔に、すっと陰りがさす。

「いってしまうの？」

「いかないよ」

「いっちゃうんでしょ」

「いかないって」

抱きしめた。

「何も言わないで俺の頬にほほを寄せていてくれ」

「しあわせ」

「おれもだよ」

俺は戦隊もののヒーローのようだ。

モカビアントレーサーは、ピンクの器に入ったモカコーヒーを飲んだ。

「あなたもどう?」

俺は、庭の縁側に置いてあるマグカップを取り、ブラックコーヒーをすすった。

「気取らないでよ」

そして俺とモカは、コーヒーを交換した。

「苦いわ」

キスはモカの味。

そのまま、王子様ごっこは終わって、夢が始まった。もう甘いコーヒーはごめんだと俺は呟いた。

イレイザーエライザ

ギャング団。

街角に立つ暗闇の商人
薬を売る売人が一人。

愛を売る、ドラッグ・バッドボーイ&ヘルシング。

心はない。

でも、金もない。

教会の鐘が鳴る。

いたたましいほど、清らかな、清貧の詩人。

放つ言葉は、聖書的、その生き方は英雄的、落ち着く場所はエライザの胸の中。

包み込んで、エライザ。

イレイザーなイレギュラーは、核を持つ俺の心の核心に触れ情熱のスイッチが押される。

爆発。

とどろく悲鳴の中で、君だけを連れ出す。

君の悲鳴は、俺を求める喜び。

エライザ。
君は俺のもの。
何があっても離れてはいけない。
光と闇が交差して、真昼の空に浮かぶとき、雲のように形を変えていく俺の心。
ずっと、とは言わない。この瞬間だけでも、恋人でいてほしい。

鈴の音

首につけた、鈴は、涼やかに、歌う。

りんりんりん。

両手を握る、君とのハグは、きっとこうなる。

僕は君の首に鈴をつけた。

そして、チークして、キスをして、リビングのじゅうたんで転がりまわり、楽園的なキスをした。

LAヴァイス。

俺は、窓辺に寄って椅子に腰かけ、ロサンゼルスの夜景を見ていた
「ピンチョン」

と俺は友の名を呼んだ。

「駄目よ、今は私だけを見てよ！」

「ああ、ごめん。仕事のことが気になってたんだよ」

「あなたの仕事は、私を抱きしめることなの！」

近くによって、聖母の面影を君の瞳の奥に見た。

アロマ。

鼻から吸い込む、ライムの香り。

君のキスは、とろけるライムのように。韻をふむ。黒く黒い君の茂みをなめとって、原始林の先へと行った。

かやのそと

空間が広がっていく。
宇宙の果ての、ロケットミサイル。
飛ぶ。彼方へ。
重なり合う、漆黒の情景。
そして、モダニズム、シンプルバランス、頂上感覚。
絶頂のキューブリック。
２０００１年宇宙の旅。
ドンドン吸い込まれる、ブラック空間の激烈な外のカヤ。
俺は戻る。
カヤが寝る蚊帳の中へ。
添い寝。
君の眠る横顔にキスをする。
君は薄目を開けて俺を見た。
「好き」と呟いた。
俺は布団を引っぺがして、君と激しく交わった。

朝まで軽く百回はいったっけ。

サリンジャーじゃあるまいし。

「もう、やめて」

「やめない」

「本当に止めて、壊れちゃうから」

「壊す」

「いや、でも、好き」

そして朝日を拳銃で打ち抜いて、ぶっ壊し、カヤを蚊帳の外へと出す。

もううるさく飛ぶ蚊はいない。

一週間愛し合っても、俺と君の恋に支障はないさ。

ハルとの恋

ハル、コスメは、しばらくぶりの君に注ぐ、愛のパフ。
君を包み込む、俺は、真実の詩人。
高鳴るハートは、スピーディーな文脈のマリッジ&ビーグルスタイル。
君信じているのは、ドラゴンフライのアンプのバタフライ。
君にふさわしいのはラックスマンではない、もじょでもない、俺の詩と呼応する、
虫に食われたアップル。あるいは神秘音楽のソフィー。
コールドのコールドなラブプレイ。
静寂まで、行っても、帰ってくる。
君のためになら、毒だって飲める。
守り続ける。
例え、世界のすべてを敵に回しても、俺は歌う。
反抗でない創造の歌を。
俺がダンテを越える時、ついてきてくれますか?
そしたら、一緒に年を取って、ずっと永遠に共にいましょう。
涙は似合わない。俺は、君を好きだから。ゆえに壊したい。

君の涙の雫すら、大事な宝石。そして俺は伏せられた秘跡
そっと指で君のラブジュースをぬぐって、夜明けの太陽にする。キラキラとした
君のヴァギナ
誓わなくてもいい。セックスは、恋の先の愛の破廉恥な背徳。
ずっと、そのままのハルでいてね。これからは、俺のハルでいてね。死ぬときは、
一緒に死のうね。

鈴の心

鳴り響く黒い瞳をした鈴の猫は、おねだりをして、甘えてくる。

テーブルの上に乗って、ジャンクフードを頬張る鈴は、まるで意地汚い天使。

ほら、そっと君は、手を休め、そのすきに、君の頬に触れた。

透明な器。

君のその瞳はまるで、黒いダイヤの粒。

降りていく深海の奥で、水と精子が混じり合い、溶ける。そのまま浮上して、海面を突き抜ける、パールの塔。

白く輝く、黒い真珠
鈴が鳴って、はっとした。

俺は、君のポテトを横取りして、食べた。

笑って、笑って、君の鈴に口づけをした。

すると鈴が、ぱっと変わった。

憧れのハートマーク。

そして十字を切って、行ってきます。

イエスが返ってきたから、今日はこれまで。

それから、俺がこう言った。

「今日はこれから、本番は、今晩に」

すると、憧れの天使は、泣いた。

ぬぐいきれない、服を脱ぎ、裸で転がる月を背にして。

抱きしめる。

鼓動が伝わる。

大地の心臓に響き渡る愛が、こういなないた。地震のように。

「行く」

俺と鈴は、静寂の中で、リンっとなる聖なる夜に、結ばれた。

ある冬の少し肌寒い小さなアパートの中で。

レクイエム

父と母が去っていった。後には何も残らない。

峠を越えた理想の世界。朽ちていく幻想のオブジェ
残された、子供は、泣いている。でも、笑顔を忘れないで。

大地が夢を、夢を、夢を、はかなく消えた孤独な声よ。届け、そして歌う、フォーレ。飛び込む胸の中へ。

運命の潮流。回転するバイクの車輪
ロックンロール・モーター。

世界が変化していく、愛のかたち。ハートの理想郷
バトンと生命の倫理。超えていく飲み込まれる奥のセクシャル・バードランド。

俺は、思う。

父が去り、母が去り、すべてが去った後に、俺は生きる。逆説。

独りではない。でも、人はいつでも独りきり。

みんながいて、楽しいひと時の、コーヒータイム、午後の昼下がり、祝福の雨上がり。

うらびれたソドムの街の隣のイエス。

「汝隣人を自身のことのように愛せよ」

はかなく消えた光の日。怒りの天使たち。

魂が返っていく天の国はまだ遠い。ロング・ロング・ロング・永遠のリピート・

トランス・ファー&デジャブ・ファミリーメモリー。

笑いは口づけ。

そして、俺は、こう言った。

「世界を消して、塗りつぶす、楽園のアート」

太郎はこう言い返す。

「今を生きろ」

俺はこう答える。

「明日を生きろ」と。

それでも、わからなければ、地獄へ落ちろ。順接。

木漏れ日

日の中の高揚するリズム。

そっと、窓辺に寄って、空を見上げていた。

電車の中。

ピンク色のイヤホンをした彼女は、ふっと息を吐き、僕をちらりと伺った。

憧れが燃え上がり、姿がおぼろげに、まるでシャッターを切る健気な音のように、心をビートさせた。

ノックするハートのドア。

滑っていく景色が、滑走する風のごとく、煌めく、カサンドラ・ウィルソンのため息。

重なる彼女と、ウィルソンの吐息。

降り注ぐ音が、真昼に輝く流星のように、横顔をブライトした。

光り輝くその瞳、僕は席を立ち、君の斜め横によって、声をかけた。

ハートビートが響き渡る。

鼓動の音楽。

君はイヤホンを落として、僕は拾った。

すると、景色が広がった。
まるで、恋に落ちた詩人のように、僕は君の言葉を探した。

情熱

パッション・アンドロイド。拍手する観客。
ステップアップ、ビートルズダウン＆サイケなロイド・ハードロイド
鼓動のカメは頓馬なウサギを飛び越えて、夜空に散って逝くブロウクンブレーキ
エキストラ。それから決別の弾丸。
首を絞める、虚像のセックス。緩める手の血管に愛の錯乱。
うつろな死者は恋に生きて、空間をトリップしたセンセーショナルなロックン
ロールをやる。カートスター。
ぶつかっていくカークラッシュと、センチメンタルクラッシュ。最終的に一体の
合成獣
最後左右に揺れ動く風船は、バンと割れて、ハートのスペシャルセクシャル＆プ
ラトニックヘイト。
嘆き。
バーゴオブバージニア、やりまくりＬＡポエミスト
乗って狂って、踊りあかせば、酒の入ったビターなドラッグウィスキー。
おかずは、いつも、チョコレート。それからカウンターの向こうのバーテンの細

い指。グラスを吹くその指に、幻の音を聴く。
女たち。
詩人は、きっとこう言うだろう。
「チョコを食っちゃあ、血が出るぜ。もうこれ以上研ぎ澄まされることもない」
鼻血がドレスアップコーデに飛び散り、パッション・アンドロイドは処女のまま、
航海を続けた。しかし、後悔してはいけない。
旅人は、クラッシュする瞬間に、永遠の口づけをかわし、すっと横をすり抜けて、
打ち抜いた。
弾丸は貫き、頭は狂って、情熱の火は、火花を苛烈な赤に染めた。

空模様

景色が滲む。撃ちまくった弾丸。血の接吻。

うっすらと、光り、適度な高揚の薄曇り。心づもり。殺伐マーキームーン
真の支配者は、詩人の時が奏でる蒼穹の堕天使。逆説の……。

俺は、決して折れない、太郎イズムのバーバリアンと戦争の余韻。泣き言はいっさい言わない。親友だ。

タイムクリープ&タイムアンドロイド
空が、降ってくる、おとぎの国のウサギの紳士あるいはラビット・グラドサウンド&オンリーシルバースプリング。

遡行。

クリープが鳴る爆発の、クルーエル・ウォー&セーブマインド。

俺は決して嘆かない。

戦いの唯一の正義は、俺にある。

王。

皇帝ではなく俺はダビデの継承者。

太郎はもういない。

俺を励ます天使は、人間ですか？

俺の心は虹を描く、夢のあるいは、アンディー&ボウイ・ユニティック・ポップアート。

ときめきの飛行船

ふっと浮かびあがる、対照的な温度の差。
ブルー
あるいは偉大なる海溝者
販路は西に、しかし、恋診療の曙は、黄金なるジパング。
集う拮抗の戦士たち。
うち戯れて、鋼が、そっとぶつかり合って、孤独の夜明けが喰らう頃、
俺は、君を想う。
頭脳。あるいは、破滅。
嗜虐の詩人は、恋をした。
肉体のぶつかる音が、鋼をそぎ落とし、緩やかな肉のカーブを潜り抜け、アーチ
をそっと、ぶっ壊す。加虐の天使。
俺と君たちは、恋に落ちて頭脳天使を生んでいく。
ブラック。
やはりコーヒーはぬるいよりも熱いに限る。
君との恋は、仕草の恋愛と乳房の柔らかさに限る。

けっきょく俺たちは、キスをしたまま、転がりまわって、色が乱れまくる。さながら、色々な色恋沙汰にふける、ふざけた、セリフ。

「キッドAっててんなー、この学問子ちゃんたちは」

「何よ、わたしたち東のジパングよ」

「キッドいい腰してんなア。振ろうぜ、腰を。真面目はよくない学問子」

「何よ、私たち、究極のジパングよ」

解り合いたいけれど、分かり合えない。

頭脳の天使は、荒野へ行った。

そして俺は、君の翼を食った。

官能の音。飛ぶことをもいだ俺は狂喜のセクシャル・ピーリング・キャンパス。

歩いていく。最高の桟橋で。

気球が飛ぶ、爆発して、君が笑う。

飛び出してきた音符は頭脳と絡みあい、溶けて、一つの文学を生む。

セレナーデ

救いはない。
とこしえに眠る、海の秘宝と、おとずれる絆。
友は手を取り合い、独りの生命を救うために、旅に出た。
それは、希望の日差し。
海で、流れゆく心は、勇気の証。
包み込む、その心は、ハートの天使の歌うカナリアの調べ。
いくつもの、命が、進んで、いくつもの命が失われて。
私は、航海を後悔しない。
死んでいった船員と乗客のために、歌う、それは救いの歌。
御手が降りる、その前に、閉ざされた瞼が、しっかりと手を握り合う、黄昏。
皆息をして、皆恋をして、皆活きていく。
それは、生きる証。
追憶に消えて逝く断崖の絶壁で、手を伸ばした、その先に、美しいカナリアが笑った。
さよならは言わないで。

私は、君を助けたわけではない。
ただ、君に憧れていただけだ。
心が透き通っていく。
すっと閉じた瞼の裏には、君の笑顔がある。
ケンカをして、仲直りをして、手を掴んだ、抱きしめた日々は、みんなの思い出。
私は、思い出したわけではない。
ただ、君を見つめ包んだだけ。
セレナーデの夜明け。
東の空に、流星が萌した。
戦う者たちは、こぼれる笑顔に、隙間を見た。
そこに、入り込んだ俺の慢心が、怒りに変わったのか。
女神。
勝利ではない。敗北ではない。
今を生きる強さと忍耐。
それだけが、ある。
たしかに、ある。
きっと、きっと、愛。
見えない、君の青春は愛に生きること。

ブラインド・タッチ。見えない強さは、憤ることではない！
真実は、君の胸の内にあるはずだ！　答えろ、自身に聴け！

流れるトキメキ

流れていく涙は、激情の、涼やかな緑。
アップにしたアップビートの、君の瞳が、美しく閉じるとき、すっと横を通りすぎた。
触れた。
そっと君の仕草が、さりげない眼差しに込められた。
愛する者のノクターン。
流れるトキメキ。
進む時間。止まる恋。
君と触れ合った肩の感触が、電流のように、僕の心に入ってきた。
抱きしめられなかった切なさ。
恋をした夜に。
別れた、一軒の店で。
君は傷ついたハートビートをそらんじるように、流した。沈黙の緑のタヌキ。
君の頬に薔薇色がさした。
僕は見逃さないで、君を抱きしめたかった。

恋は、一瞬ではじける、ポップコーンのある夜の話。

君を映画に誘って、連れ出して、沈黙の店を出て、そのまま語り合い、一晩泊ってキスをして、愛の灯り着を脱ぎ、朝を迎える。

ヌードの歌。

さあ、抱きしめ合おう。

僕らが死んでも、君の心は守り続ける。

タローズアイランド

俺はエリック。
爆発型の燃焼系。
ベートーヴェンが大好きさ。
しかし、太郎の絵画に出てくるね。
君を描いた交響曲。
涙ではなく、笑いの伝道師。
第五番。
太郎の奴め、俺の恋人を盗みやがった。
緑の君を奪い返したい。
どうか、姫になって、秘められた宝石のような君の横顔。
でも敵わない。相手が悪すぎるし、結婚しているし、エリック。
悪いんだけど、君、どいてくれ。
僕はメシアティック。
衝動型の小動物系。
君はまるで緑のタヌキ、僕はまるで、孤独のリス。ブラックコーヒーが大好きな僕をグリーンに染め上げてくれ。
君のハートをすすりたい。
抱きしめて、包み込んで、誰にも渡さない。
僕は独占欲の強いエゴイストエンペラーでもリス。
そんなトンマな僕を抱きとめてくれないか?
君の涙の訳は知らない。知る必要もないだろう。
僕はただ君を抱きしめたいエロティックノーマリスト。

ブロークンヒップな眼鏡

切なくなる気分は高揚。

ブローク・ウォーク・あるく足は、軽やかに。

ショーの、幕切れ。

君の黒いタイツ。

そっと淑やかに、うごめく、マムシは、君の下の舌触り。

俺は、開いていく手を、君の憧れに、撃ち放つ、さざめく陰り。

足。黒い緩い、あるいは、繊弱な、タイプライター。

後ろから抱きしめる空に光る眼鏡は、キラッとまたたく星座のユニゾン。

君のタイツになりたい。

そんな変態的なトキメキは、すっとなでる、君の白い指にタイプされ、水仕事とは縁のない、しかし、緩い感覚の水商売にマークされる。キスマーク。プルリとした唇が、弾力の寝言を吐いて、音符の海が口の端から涎となり、俺の鼓動をハイにする。

君をトランスレートした俺の眼はこう語る。

「クジャクはまだ閉じている。イランイランの香りは、徐々に開いてきて、パッと咲けば、色とりどりの香りの、混血。交じり合う配合は、俺のときめきをシャープする。フラットに触れた手が、君の胸を這いまわる時、ウィークエンドのいくつかの日々が、陽気な音になって降りてくる」

セキタン。むせぶ君のキスはむせび泣く声となり、こう返す。

「ああ、私の憧れ」

うっとりと、目を潤ませる、眼鏡の奥に光るクジャクの繊弱な恋のカウンター。ブラック。

君の色は、きっと瞳と同じ、分量だけ、クリスタルドラッグ。

吐いて、吐いて、吐きつづけた、言葉がセキタンとなって、動く時、世紀末に、言葉が走っていく機関車。俺は続けざまに、揺れる、線路の恋患者。ひかれて終わり、真っすぐな君の眼を見た、あれはいつかの昼下がり。

はると来い

春よ。
俺は君にこう言いたい。
スタイリッシュなスタイルよりも、スタイリッシュなトキメキを。
真実なんてどうだっていいのさ。
朽ち果てる前に燃え尽きる何て、きっと戯言さ。
唱えればいい。
君の胸に響く一つの音を。
春の顔が、回る。
ぐるぐると、勢い良く、俺の声に呼応して、キスをする顔で、歌い泣く。
あまりにも多くの、恋をしてきたのか?
君は温厚そうで、鋭い声音。
低く沈みこむ、君の形は、星色の瞳で、俺を見つめる。
ありがとう。
ささやきが、君に届けば、君はこう返す。
「私はね、君が気になっているけど、まだわからないのよ」

「そうですね」

「そっけない！」

「いいですね」

「なめてるの？」

プライドの高い君は、俺を見つめて、さらにこうつぶやく。

「君って、なんだか、変な人ね」

「そうですか？」

「そうよ、よく、見てみて、君の顔は不思議な光を放っていて、私とは不調和」

「やだねえ。あなたは、まるで、僕を信じているの？　ワルツだよ」

「なによそれ？」

「ワルツを踊れば、世界は変わる」

「ありきたりね。馬鹿にしてるみたい」

「そうだよ、馬鹿にしていて、大好きなんだよ」

君は不釣り合いなほど照れた様子で、さりげなく俺の横に来て、耳元でこう言った。

「愛してない」

僕はワルツに割った水割りで、虚空の空に乾杯を。

そっけない奴って、思わないでくれ。

春

君を愛しているかなんて、肉体には関係ないだろう。ましてや、心には……。

高まる予感

さらりと撫でる君の髪。

真剣な、君の瞳は、本に向く。

快感の濡れる瞳。

何を読んでいるの？

太宰治の走れメロス、ではないよ。

ダンテの神曲。

それもそらんじるように。

走る、ブラームス。

自転車のアクトレス。

聴いているのは、ピアノソナタ。

タッチなキャッチーなハイタッチ。

エッジーなラテンのショーン。

メンタルハーバー、メンデルスゾーン、騒ぐ雷歴の発火点。恐れるなレディ、ブーツを鳴らして、時を待て。トキメキは待たない、街角でキスをして、恋の終わりを待つ。消滅のランナー、火を消して、クライマー。タバコは苦手よ。掻き抱く君の髪が好き。まろやかなつぶて、求めるの。コーデはいつも同じ色。漆黒のブラウス、またとないフォトエッセンス、ラブジュース。カラフルな吐息に、都会の空、ブレスするもどかしいきみの口紅。

トゥーストィーストイス

おもちゃは大人。大胆なハレンチ。セックスの魔力、清らかな頽落、快感フレンチ、キスをした夜明け。

大人はおもちゃを使ってハニーブーツ。

歯がなるトゥース。

唇が濡れる。

唾液の策略は大胆な策暦。

目移りするキス、
夜風入った後の、頬を濡らす。

行ってそのまま夜明けまで。

カイライン

暖かい硬い君の乳房。

背中を撫でるカイライン、這い回って舌のもつれ。愛の濡れる下着。レッド。うずくカイライン。オレンジのラブ瞳、脇に挟む君のもの。大胆なトレンチキス。

濡れるままに、慣れるままに、カイラインは君のエロス。

愛夢に樹立

愛を知って、歯ぐるみの真ぬゑに恋を知る。

間際の裂け目に、避けていく言葉のパンを見出した。

愛は樹立する、木々の、さわやかな吐息に、そっと指を絡める、愛液の調べをぬぐいとった。

夢に樹立した。専制宣言。壊れゆくほどに、いたましく、壊れないほどに、いと白き、指使い、優しく舐る子宮の夢。子どもを欲しい、覆い隠す茂みの奥に、現実主義者は、恋をした。

詩人は夢を見る。

まるで、歯を立てる君の歯が、樹に寄り掛かり、そっとアマ笛を吹く頃、なぶる、乳房が私に、陰りと、燃え盛る、揉捏を掻き立てる。

火の車。

情心越道、十七線。

滑りこむ肉の電車が、車庫から出て、大空に火球するのは、愛のナブサ。

ねえ、愛する人。

一夜の過ちは、きっと、君の記憶になって、清らかな小川となり、その日の後に、堆積する愛の残留は、そのまま、飛び散る、白い水となって、エーテルを絞り取る。

君の存在そのものが、好きだよ。珠里。

いつか先制宣言の法律が樹立された時、一緒になろうか。

そんなほどやかな夢を、虚空の空になぞる時、舌触りが、愛を生む。

君の漏れる熱い吐息は、すっと、耳を撫でて、私に、恋の美しさとはかなさの愛率を告げる。

愛を知って、歯ぐるみの真ぬゑに恋をする。

ああ、君が、ずっと好きだ。

ずっと、一緒にいたい。

例え、離れても、君の指が僕をなぞったことを、心地いい君の声を忘れない。

過ぎ去らないままで、記憶のままでいて。

そして、今を生きて。

かけがえのない恋人に……。

緩いカーブのその頬に

口づけ。

頬に浮かぶ蒸気する渓間な快感。

調べは、夜に光る、まろやかな茫洋とした蛍空。

君は、キスして、昇っていく、快感をこらえる、潤み千千の蛍の光が、君を目指して、夢描き。

朝もまだらなその鳩里に、ほっと息を吐くコーヒーはマイルド。

嘘のような、本当のような、君のその顔の奥に、僕は、軽やかなまどろみを察して小宇宙。

落ちていく、恋の吸うようなブドウの粒。

まるで、つっつく小鳥は夜泣きをする赤子。

君のヒップは乳白色のモナリザ
おいで。

僕のもとに。

君にキスしたら、世界が恋をして、終わらないトキメキが、可憐な正午を告げる、頃、また会いたいね、何て言って、微笑む君が、愛おしい。

抱きしめてあげると言って、君が僕に合図を送ったら、新しい、朝が、光に包まれる。包み込む手が、渚に触れるなら、君のとろみは頂点に達して、弾ける果実。

ピンクのスカート

揺れるモダンなアートの調べ。

スカートを振りまく、香水は、桜。

キラキラッと水たまりに、差し込む、乳首とパンツは、裸の、透かし絵。

のぞいて、君の心を。

撫でるヒップのラインを誘う風が、また下に落ちる時、僕は君にこう言った。

「子供が欲しい？」

すると君はこう返す。

「いらない。あなただけで、いいわ」

水が、曲線情のアリアを、誘い込み、くれていく野畑に、仰ぐ、街の明かり。

遠くで灯の明かりと音が溶けて、神話の乙女鳥がこだまのようにこう返した。

「二人を抱いてあげる」

また、舌からこぼれる一粒の顔は、赤子の夜泣き鳥。

幸せは、遠い。けれど、愛はほどけていく弓なりの峠小屋。

消える君の眼の瞳模様。

白いカサバリ

爪を切るわと言って、君は席を立つ。
おとずれるオーレリアンのアートカラー。
お風呂上がり。
上気した頬と、クリームの淑やかな香り。
ポッポッとする紅い紅を差したような太陽ボディ。
タオルをぬぐって、君の全身を撫でるつぶらな瞳。
シャワーで落として。
と君は言って、僕の白いカサバリを撫でる。
気持ちよくなって、僕は、君の下着をはいで、ほどけたくつろぎのアングラに、
石鹸にゆらぐバブルのポップアートを立てる。
指の間から、忍び寄る快感。
全身をなめて、ぬぐいとる舌は、細雪舌。
露わな心から、組み敷いて、バブルの中に、君と走る、快楽は、白い下着。臭い
はきっと石鹸の香り。

幻に住みゆく瞳のジレンマ

キラキラ、湖水は反射して、僕は、眼の中で泳ぐ一匹の魚を見つけた。

溺れるように、僕の中で、泳ぐ魚は、空に描いた希望に、胸を打つ。

瞳から、生命が消える時、親友は自ら命を絶つ決意をしたのか。

誰も、誰一人として、清廉な少年の右手を掴む者はいないのだ。

僕は、彼が、まだ幼い日に、恋も知らないで、死んでいったとび色の瞳に、けがれを見なかった。

いつも、僕たちの間には音楽の河が流れていた。

そう、尾崎、プリンス、シューベルト。

満天の星加減に、滑りゆく音符は、コートのコーデを湧き立てる。

夭折した詩人に憧れた、あどけない少年。

言葉もよくわからずに、操る詩句の幻に触れ、君は僕に言った。

「形を作る形象は、形のないままに、音と言葉の海に溺れ、交じり合って、いっぱいのワインとなり、さあ、このまま、一緒に行かないか？」

短気な君は、僕の抑えもきかず、やみくもに、生き、言葉の船に乗り、河を渡り、散って逝った。

別れは、来た。

肌寒い五月のある日。君は、大きく伸びた地平線の見える、あばら家で、そのこめかみを銃で撃った。

夢から覚めて、僕は目覚ましを止める。

カーテンを開けて、見る世界は鈍色に光る、もう、「君がいない」ことを知って、寂しげなため息に告げた。

音にならない、僕は君を忘れない。

必死にもがいた君のことが好きだ。

「忘れない、何て言わないよ。ただ覚えておきたい」

と言って、今日も独りで、家を出た。

ソロモンの声

聴けよ乙女
汝、死したる時も、そのうちに秘めし、姫やかな乳房を、離すまい。
例え、俺と君が、何千里と離れようとも、君を思う俺の気持ちは、いつも一緒だ。
奇怪な法をした機械の猿が、烈火の中で、その役目を果たす時、掃除婦の少女は、
憧れの眼で、シンデレラの城を見上げた。
もう、望郷はない。
聴けよ、戦士
汝、生きたる日も、その外に流れ出る地脈の鬼神を飼い馴らせ。
例え、大地に帰る日が近く、空に光る、曙光が、瞼の裏を、怒りの悲しみの涙で、
焼こうとも、お前は何度でも、立ち上がり、姫のため、弱きもののために、剣を
持たなくてはいけない。
敗れ去る。
その日が来ても、俺と君は、怒りを勇ぎのいい荒ぶる心を、慰藉し、元型の声に
導かれるまま、大地を血に染め上げた、あの希望を、覚醒する。
さあ、乙女。拡声器持て！

君の麗しき心を、愛らしい声に乗せて、メッセージを送るのだ。

「起きなさい。朝よ」

すると、少年は、ふっと寝ぼけまなこで、ベッドを這い出て、朝に光を浴びるのだ。

「もう、早く起きなさい！」

世界中の寝坊助たちへ送る、哀歌。

朝を臨めなくなった、苦しむ、死者へ送る、あるいは、喜びとは程遠い底に落ちた生者に告げる、生命の歌。

いつも、どこにでもある、そんな日常の隣にいる君のまばゆい香声に、世界は潤んでいく。

信じているのなら、声は通るのだ。まるで、心に響く「愛」の遡上。

伝播して、流れに逆らい泳ぐ慰者を慰藉する乳房の恋。

歌房とれば、君の体は、潤って、瞳は輝く、シンデレラガールたち。

〈著者紹介〉

鏑木レイジ（かぶらぎ れいじ）

青春を走り抜ける街角で、煙草の煙を浴びながら、そっとノートにつづる。夢のような記憶が、流れる時の中で、恋に変わる。音楽の日々が、光の残照に揺れる、まるで木洩れ日のような言葉で、吐き出していく。街の匂いと風が、リスのハートの、終わることのない日常に、薔薇の宝石が映り込む、10カラットよりも美しく、永遠の宝石よりも今という日に。女性と自然と動物たち、心が囁きかける、詩人。言葉と戯れて生きています。

Black Memories

2023年11月17日　第1刷発行

著　者　　　鏑木レイジ
発行人　　　久保田貴幸

発行元　　　株式会社 幻冬舎メディアコンサルティング
　　　　　　〒151-0051　東京都渋谷区千駄ヶ谷4-9-7
　　　　　　電話　03-5411-6440（編集）

発売元　　　株式会社 幻冬舎
　　　　　　〒151-0051　東京都渋谷区千駄ヶ谷4-9-7
　　　　　　電話　03-5411-6222（営業）

印刷・製本　中央精版印刷株式会社
装　丁　　　弓田和則

検印廃止

Printed in Japan
ISBN 978-4-344-94627-9 C0092
幻冬舎メディアコンサルティングＨＰ
https://www.gentosha-mc.com/